LÉO TRÉZENIK

LES

HIRSUTES

ÉDITION UNIQUE

PRIX : 2 FR.

PARIS

LÉON VANIER, LIBRAIRE-ÉDITEUR

19, QUAI SAINT-MICHEL, 19

1884

$\frac{do}{b}Z$

9271

Cet ouvrage n'a été tiré qu'à un très petit
nombre d'exemplaires et ne sera jamais
réimprimé

LÉO TRÉZENIK

LES

HIRSUTES

ÉDITION UNIQUE

PRIX : 2 FR.

PARIS

LÉON VANIER, Libraire-Éditeur

19, Quai Saint-Michel, 19

1884

LES HIRSUTES

I

Aujourd'hui que les Hirsutes sont morts, enterrés dans le ridicule des dernières séances, dont quelques poétaillonnets de brasseries faisaient les frais, il semblera peut-être intéressant, ne fut-ce qu'à *quelques-uns*, de raconter comment ils sont nés. Et d'ailleurs, c'est uniquement pour ces quelques-uns que j'entreprends cette tâche, pour ces quelques fidèles qui ont suivi les Hirsutes, — très dignes successeurs et non moins bruyants —, des Hydropathes, dans leurs diverses pérégrinations.

II

Ce fut vers la fin de septembre 1881 que l'idée de reconstituer les Hydropathes, dissous par suite de la disparition de Goudeau, germa dans le prodigieux encéphale de Maurice Petit. Cette idée était-elle énorme, originale même? Je n'ose l'affirmer. Pas mal de poètes, en effet, depuis le désarroi des Hydropathes, déambulaient, d'un bout à l'autre du Boul-Miche, en déplorant tout haut qu'il n'y eut plus au Quartier aucun de ces cafés hospitaliers où l'on put impunément déblatérer des vers jusqu'à complète extinction de force vitale. Cette nécessité de reconstituer un cénacle littéraire s'imposait, l'idée planait dans l'air, battant des ailes à grand fracas. Ce fut sur les lunettes de Maurice Petit qu'elle alla se poser. Lui la *trouva*. Il a toujours été, le brave garçon, un enfonceur de portes ouvertes.

Donc, Maurice Petit *trouva* cette idée

« qu'il était opportun de reconstituer les Hydropathes ». L'ombre de Goudeau le gênait bien un peu, mais on disait le poète des *Fleurs du Bitume* si absorbé à classer les poèmes d'un second volume, qu'il n'y avait presque pas d'imprudence à prendre la couronne. Il détournait les yeux. Faut-il ajouter que le potentat avait cassé son sceptre et déclaré que « les Hydropathes étant morts, rien ne pourrait les remplacer ».

En dépit de cette affirmation, Maurice Petit qui avait sur beaucoup d'autres au moins cet avantage de posséder les adresses de la plupart des anciens Hydropathes, nourrissait de plus en plus ou abreuvait, si vous préférez, avec les absinthes qu'il prenait chez la mère Arnaud, l'espérance d'être roi un jour.

Ce fut justement chez la susdite mère Arnaud qui préside majestueusement, boulevard Saint-Germain, un bar orné, — jadis — de jolies filles, que je le rencontrai certain soir de septembre, en tête-à-tête avec sa deuxième absinthe.

— Que dirais-tu ! m'insinua-t-il soudain, en prenant — péniblement — un air

très malin, si je reconstituais les Hydropathes ?

Desbouiges entrait sur ces entrefaites.
Ce fut lui qui répondit.

Il trimballait déjà, très apparent dans
une des poches *visibles* de son pardessus'
le manuscrit qu'attend la postérité, très
simplement intitulé : *la Folie et ses
heures*.

— Evidemment, affirma-t-il, il y a besoin, au Quartier latin, d'un endroit où
l'on dise des vers.

Peut-être prêchait-il pour son saint,
mais passons.

J'opinai du gibus — métaphore, mais
qui n'a amplifié, dans sa vie?

Collignon qui passait, nez au vent, pro-
filant sur l'École de médecine sa binette
humoristique, fut hélé. On l'admit à la
discussion.

— J'en suis, déclara-t-il avec condes-
cendance.

Bref, on prit rendez-vous pour le len-
demain, chez Maurice Petit, à l'effet de
lancer, de part et d'autre, des milliers de
convocations.

C'était pour le samedi suivant.

III

Il vint juste Jules Jouy. Nous étions cinq. Immédiatement, sans perdre un temps précieux à des lamentations inutiles, nous nous constituons en *Comité d'organisation*.

Des circulaires, imprimées cette fois, furent expédiées de tous côtés.

Le jour venu, nous nous trouvâmes sept. Les cinq *commissaires organisateurs*, plus Emile Goudeau et Moynet, évidemment venus en curieux, pour tâter le terrain.

— Et comment s'appelle cette société que vous refondez, interrogea discrétement Moynet?

Au fait, on n'y avait pas songé. Différents noms furent proposés. Desbouiges, sous le fallacieux prétexte « que le mot *Hydropathes* avait été fait d'un mot latin et d'un mot grec, » et que ce total hybride était incompréhensible, proposa les *Mécènéoliens*. Cela n'obtint qu'un succès

d'estime. Goudeau, grand trouveur de
titres, donna celui d'*Hirsutes*, accepté à
l'unanimité, moins une voix : celle de
Desbouiges.

Restait le président à trouver. Goudeau, prudemment, refusa cet honneur —
il était si persuadé que cela allait tomber
dans l'eau ! Moynet prétexta des occupa-
tions multiples.

Quelqu'un expliqua que Maurice étant
chez lui, les séances préparatoires devant
se faire chez lui, il était tout naturel de
lui offrir la présidence. Il l'accepta, du
reste, avec une simplicité pleine de bon-
homie qui nous charma. Les deux vice-
présidents nommés furent Jules Jouy et
Léo Trézenik, le secrétaire Léon Collignon
et le trésorier (?) Desbouiges. La société
des Hirsutes était constituée — en germe,
et la déclaration en fut faite à la préfecture. Quelque huit jours après, un envoyé
d'icelle nous vint demander, formalités
indispensables, nos nom, prénoms et pro-
fession, etc. Jouy et Collignon timidement
avouèrent faire du journalisme, Maurice
se donna comme pianiste, mais Desbouiges fièrement, sans transiger, dé-

clara, non sans soulever quelques sourires vite réprimés, qu'il « faisait de la poésie. » De son coté, Trézenik dut avouer « qu'on le destinait » à la médecine. L'incident était clos.

VI

Le Vendredi avait été choisi pour le jour de séances. Comme les invitations, quoique imprimées, ne produisaient que très peu, on en fut réduit à raccoler quelques fervents amis qui prirent peu à peu l'habitude de venir, tous les Vendredis, siffler les canettes qu'offrait, non moins hebdomadairement que généreusement, l'amphytrion Maurice Petit.

C'est là, c'est dans cette chambre tendue de noir comme un catafalque, que se groupèrent les premiers Hirsutes. C'est à cet harmonium, appuyé au mur, entre les deux fenêtres bouchées de rideaux blancs étoilés d'une grande croix noire, que Jouy nous chanta presque toute cette *Vie des Saints* drôlatique, faite en collaboration avec Alfred Le Petit. C'est à ce

piano macabre où s'appuyait la dextre
d'Anatole, un joli squelette qui se balan-
çait, en grimaçant, à l'anneau de cuivre
qui lui trépanait le crâne, que Rouin,
disparu depuis pour des motifs que je
me dispense d'apprécier, nous détailla,
de sa voix souple et harmonieuse, une
partie des jolis rondels de Rollinat.

Plus intimes, plus « entre soi » ces premières séances avaient un charme de ca-
maraderie franche qui manqua peut-être
un peu, dans la suite, aux Hirsutes deve-
nus société ouverte. Là venaient Armand
Masson, le timide et délicat poète qui
dit si mal ses si jolis vers; Courbet qui
se dissimulait dans les coins et dont la
voix de pucelle chevrottait, quand il nous
murmurait son testament; Rall, alors au
Paris-Nord, avec son inépuisable stock
de fables-express; puis Garet, Pointis
d'Auteroche, Jean Drenneck et toute la
bande vendéenne qui, alors, se piquait de
littérature, et qui contribua pour sa bonne
part à former le premier noyau des Hirsutes en voie d'organisation.

V

Un beau jour cependant, la chambre de Maurice Petit se faisant trop étroite, et l'audace étant venue aux organisateurs, le *Comité* résolut de tenter un grand coup. Quelques centaines d'invitations furent lancées, convoquant, passage du Commerce, *Café du Commerce* — quel nom pour une réunion de poètes! — le ban et l'arrière ban des littérateurs rive-gauchers ou autres, à la séance d'ouverture de la Société des Hirsutes.

C'était hasardeux, les premières convocations n'ayant rien produit, on risquait fort de se heurter à l'indifférence générale, déjà constatée lors des premières tentatives et de faire un four complet. Cette préoccupation nous hantait fort, et Jouy doit se souvenir encore des quelques flacons de Beaune que nous allâmes déboucher chez un mastroquet d'en face, quelques minutes avant la séance, pour nous *remonter le moral*.

C'était du reste à qui ne prendrait pas
la parole pour faire le speach obligé d'ouverture devant « le public d'élite » qui
allait tout à l'heure —peut-être — s'écra-
ser dans la petite salle de Charvot. Quoique président, Maurice s'y refusait ave
acharnement, sentant, à cette idée, son
dos se chair-de-pouler effroyablement.
Trézenik, prudemment, alléguait son peu
d'éloquence; enfin Jouy, peut-être sous
l'influence du Bourgogne, déclara héroï-
quement qu'il s'en chargeait.

Dès neuf heures c'était bondé déjà.
Toute la Vendéenne en corps s'était trans-
portée là. Des bandes, à chaque seconde,
grimpaient l'escalier tournant. Les gens
arrivés se succédaient, depuis Champsaur
jusqu'à Goudeau, qui, dans les coins
nous blaguaient de notre audace mais
s'étonnaient un peu, étant venus pour
constater un four, de l'affluence qui gran-
dissait.

Neuf heures et demie. La salle était
comble, et la séance ne commençait pas.
Parbleu! Maurice tremblait dans sa
peau, Jouy, trop prudent, s'était « esbi-
gné »...

La séance ! la séance ! qu'est-ce qu'on fait ici ?

Poussé à moitié par les amis, à moitié par la... nécessité, Trézenik dût grimper sur l'estrade présidentielle, essayant encore de se raccrocher à cette planche de salut qui s'appelait Jouy et qui, lui au moins avait préparé quelque chose. Mais, le lâche ! caché derrière Alfred le Petit, sembla ne pas comprendre ces œillades désespérées. Trézenik monta donc, le cerveau absolument vide d'idées. Un grand silence se fit qui augmenta encore la sécheresse de son pharynx. Enfin, aussi résigné qu'un pauvre hère qui pique une tête dans la Seine, il balbutia assez confusément «qu'il n'y avait pour ainsi dire pas de présentation à faire, les Hirsutes ne voulant être que les dignes successeurs des Hydropathes. »

A ce mot, comme secoué par une décharge électrique, Goudeau bondit, rendant à l'orateur ce signalé service de soulever un incident : « Les Hydropathes ! on parle des Hydropathes ! et sans rappeler quels ils furent! » etc. Bref un panégyrique, un discours, etc... qui donna à Tré-

zenik le temps de reprendre ses sens. Il en
profita pour déclarer, presque intelligi-
blement cette fois, que le *Comité* d'organisation ayant fait son devoir, il ne restait
plus aux Hirsutes constitués par ses soins
que de se choisir un président. Et il proposa Goudeau.

Quelques cris de : vive Goudeau! reten-
tirent, mais ce dernier « déclina l'honneur », donnant pour raison que le Comité
avait eu tout le mal de la réorganisation,
que Maurice avait été, par lui, choisi président, qu'il était tout naturel qu'il restât.

Maurice fut acclamé et vint, très ému,
occuper le fauteuil.

La séance commença.

VI

La première séance des Hirsutes dé-
fraya quelque temps la chronique pa-
risienne, mais il faut avouer que la plus
grande partie des articles faits pour constater, soit en blague soit en louanges, ce
renouveau de littérature au quartier latin,
furent l'œuvre d'amis et même de co-

Hirsutes. Le grave et très royaliste *Clai-
ron* lui-même inséra un long panégyrique
de... Félicien Champsaur, venu à la première séance et qui paya son écot en
disant un sonnet où l'on parlait de « billets
de banque » et de « locomotive » — c'est
tout ce que j'en ai pu retenir.— L'article,
fort élogieux du reste pour... Félicien
Champsaur, racontait tout au long et annonçait que... Félicien Champsaur allait
sous peu publier chez Ollendorff un roman, Dinah Samuel « appelé certainement à produire une grande sensation »
(n'oublions pas les clichés). Il est juste
de dire que le pseudonyme de *Monocle*
pris au jour le jour, un peu par tout le
monde, abritait ce jour là — je suis sûr
que vous l'avez deviné — tout simplement... Félicien Champsaur.

Les Hirsutes néanmoins, — je parle
des autres, ceux dont Champsaur ne parlait pas — avaient donné signe d'existence.
Sans être merveilleuse, la séance avait été
suffisante pour qu'il fût bien avéré qu'une
nouvelle société venait de s'élever sur les
ruines des Hydropathes. Les noms en ve-
dette n'avaient peut-être pas la notoriété

de celui de... (voir plus haut), mais toutefois, un certain noyau de *nouveaux* s'était formé, autour duquel se rallieraient certainement, un jour ou l'autre, les anciens qui se tenaient encore très prudemment à l'écart.

Qu'on me permette de découper dans un *quotidien* ami qui relata, à l'époque, succintement la séance, le compte-rendu très rapide de la soirée :

Grâce au dévouement et à l'habile direction du président Maurice Petit, secondé par le Comité d'administration, cette première soirée artistique et littéraire a été particulièrement brillante.

Dès neuf heures la salle était comble.

Il nous faudrait plusieurs colonnes pour rendre compte de toutes les charmantes choses que nous avons entendues. Nous en citerons cependant quelques-unes, au hasard :

Maurice Petit exécute la *valse* du *Dies Iræ* et la *Berceuse* de Tolbeck qui obtient les honneurs du *bis*. Il est impossible d'entendre rien de plus exquis joué avec plus de charme.

Trézenik récite quelques-uns de ses sonnets...

Je saute le reste, Trézenik est en train
de lire par dessus mon épaule.

Armand Masson nous dit la *Ballade du
dernier sou* et *Par devant notaire*, deux de ses
plus jolies œuvres, qu'il a le tort de ne pas
faire valoir davantage en les disant avec plus
de soin.

Félicien Champsaur nous gratifie d'un sonnet et s'esquive, — trop tôt au gré des auditeurs?

Jules Jouy se multiplie: deux monologues
du plus haut comique succèdent à deux chan-
sons abracadabrantes.

Alfred le Petit, le célèbre caricaturiste, et
son *Vicaire bon enfant* remportent un succès
colossal.

Sapeck arrive un peu tard; il nous en *con-
sole* avec le *Gondolier* et la *Fiche de consolation*;
L'éloge de ce joyeux fantaisiste n'est plus à
faire.

Rouin, après avoir chanté à plusieurs re-
prises, débite son *Sonnet espagnol*, si follement
original.

Qui encore? Desbouiges, d'Orllanges, Ca-
zalbou, Gull.

Ne passons pas sans infliger un blâme sé-
vère à Courbet qui s'est obstinément renfermé
dans le rôle de spectateur. On sait pourtant

qu'il est l'auteur d'une foule de charmantes
œuvres...

J'ai gardé pour la fin M. Emile Goudeau
qui a prêté fort gracieusement son concours
avec le *Bitume*, les *Deux voitures*, le *Dernier
rêve de Victor Hugo* et enfin la *Revanche des
bêtes et des fleurs*, son chef d'œuvre !

Faisant allusion à l'incident soulevé
par Goudeau à la première séance, le
journal ajoutait :

M. Emile Goudeau possède certainement
un grand talent, personne ne songe à le lui
contester, mais n'a-t-il pas rappelé un peu
trop fréquemment le souvenir des anciens
Hydropathes ?

Et le journal terminait ainsi :

Les Hydropathes sont grands et Goudeau
est leur prophète !

Nous avons été le premier à reconnaître —
dans ce journal — les mérites de cette société
et à en faire l'éloge. Mais, de ce que les Hydropathes sont morts, quoique ayant pour président Émile Goudeau, s'ensuit-il nécessaire-
ment que les Hirsutes ne doivent pas vivre,
eux qui ne l'ont pas mis à leur tête ?

. . . .

Je n'ai cité ce dernier passage que pour montrer combien l'idée d'une *Présidence-Goudeau* était éloignée, alors, des esprits, le journal dont je viens d'extraire ce compte-rendu étant l'écho de la très grande majorité des Hirsutes *actuels*. Je souligne actuels parce que le premier public des Hirsutes fut totalement différent de celui du milieu — *regnante* Goudeau — et celui de la fin — *sous-vice-presidente* Delacour.

Sous la présidence de Maurice, presque tout le public, Hirsutes effectifs comme Hirsutes simples spectateurs, était quartier-latinesque. Il est vrai qu'à cette époque un contrôle sérieux était exercé à la porte et qu'il fallait, pour entrer, montrer patte blanche à l'austère Desbouiges qui gardait rigoureusement l'entrée du cénacle. Nul n'était admis qu'après avoir donné son nom à l'incorruptible auteur de la *Folie et ses heures*. Plus tard, quand advint Goudeau, de la façon que je dirai par la suite, l'élément quartier latinesque se panacha quelque peu de montmartrais plus ou moins chat-noiresques, ame es par l'auteur de *Fleurs de Bitume*.

Mais procédons par ordre et restons,
pour le moment, avec Maurice Petit.

VII

Dès la seconde séance, l'affluence était
telle qu'il fallut songer à chercher un
nouveau local. C'est qu'en outre des *nouveaux,* dont le nombre, d'une séance à
l'autre, avait presque doublé, les anciens,
les vétérans, les hydropathes qui s'étaient
sagement tenus à l'écart lors de la
réorganisation, lors des premières séances assez péniblement essayées dans
la chambre noire de Maurice Petit, les
anciens commençaient à rallier sérieuse-
ment. C'est ainsi que la seconde s' « ho-
nora » de la présence de Grenet-Dancourt,
de Lemouel, etc. absents à la première.

L'enthousiasme des applaudissements
éteint depuis près de deux ans, que les
rive-gauchers n'avaient à « chauffer » que
les pièces odéonesques, éclatait ce soir-là
de si formidable façon que le patron du
café crut devoir montrer, au haut de l'escalier, sa tête effarée, dans le présomp-

tueux espoir de calmer cette efferves-
cence. Il tombait mal. Accompagné par
Maurice qui tenait le piano, Jouy, de sa
voix claire et gouailleuse, détaillait le
Petit Rentier, cette fine chansonnette qui
a toutes les allures d'une satire.

Pourtant, profitant d'un silence qu'il
savait devoir être éphémère, le patron
s'avança de quelques pas, très déconte-
nancé, suppliant « ces messieurs » de
faire moins de bruit en applaudissant, « à
cause du propriétaire qui avait l'habitude
de dormir à dix heures précises. Une
clameur immense accueillit cette ouverture et Taboureux, sans même se retour-
ner, lui cria de sa place : « Allez dire à
votre philistin de propriétaire que ce sont
des vers que nous applaudissons et que
lorsqu'on applaudit des vers, et des vers
comme ceux-là, on n'applaudit jamais trop
fort. »

Cinq minutes après le patron remon-
tait, déclarant qu'il était impossible que
la séance continuât dans ces conditions.

Ce fut, pendant quelques instants, un
tumulte indescriptible. Enfin, la foule
évacua la salle, non sans semer sur son

passage, du café à la rue, de bruyantes
protestations sur « l'inqualifiable pro-
cédé... » protestations auxquelles le pauvre patron répondait par des : « j'en suis
le premier atteint messieurs... je vous
prie de m'excuser... » etc.

Après un bon quart d'heure de station-
nement dans la rue, égayé de vociférations
et de propositions propriétairicides, les
groupes se clairsemèrent peu à peu.
Toutefois, une quarantaine d'Hirsutes
demeuraient quand même, goupés autour
de Sapeck qui *speachait* véhémentement,
et finit par proposer une petite promenade
à travers les endroits très bien *femmés*
du quartier.

Au grand désespoir d'Emile, alléché
d'abord par cette invasion qui s'annonçait
comme fructueuse, et qui ne fut que fumiste, on alla faire un *as de cœur* à la
« Vendéenne », sans même s'y désaltérer
d'un bock.

Et la bande s'achemina vers la rue des
Quatre-Vents, après toutefois que par une
fumisterie du sort ou de... Sapeck, le privi-
lège de *l'as de cœur* eût été adjugé à ce dernier. Mais enchappons le reste d'un velum.

VIII

Il fallait cependant s'enquérir d'un autre lieu de réunion. Après bien des recherches, un sous-sol délectable fut trouvé, Café de l'Avenir (cela sonnait mieux que Café du *Commerce*) au coin de la place et du quai Saint-Michel.

Très suffisamment vaste, bien aménagé, avec son théatriculet à droite en entrant, et ses nombreux vasistas, soupapes de sûreté pour la fumée des pipes et les hurlements hirsutesques, il sembla tout de suite aux deux chargés de pouvoirs, Maurice et Trézenik, le local prédestiné.

. L'estrade présidentielle, dissimulée à gauche dans un coin de colonne, à deux mètres de la scène était assez surélevée pour qu'en y montant ce soir là, dans le silence de la salle vide, devant l'unique bec de gaz allumé pour la circonstance, Maurice, dont la toute-puissante imagination évoquait instantanément l'idée d'une foule nombreuse accourue à sa voix des quatre coins de Paris, put s'écrier, à la fois

séduit par sa situation inespérément haute
et inquiet vaguement à la pensée des fumisteries probables qu'on pourrait lui
faire : « D'ici, je les tiens ! »

Mot profond, que l'histoire enregistrera
et qu'il faut inscrire sur ses tablettes à
côté de cet autre, pieusement recueilli
par son humble historiographe, et qu'il
me lâcha à brûle-pourpoint, entre deux
bocks, en sortant: « Je comprends Gambetta, maintenant que je suis président
des Hirsutes. »

Hélas ! Gambetta ne l'a peut-être jamais su.

Le vendredi suivant, toujours convo-
qués par lettres imprimées, les Hirsutes
dégringolaient bruyamment, bandes par
bandes, les deux escaliers, dont l'un
en tire-bouchon, qui conduisaient au sous-
sol de l'Avenir.

Quoique plus vaste presque de moitié,
que la salle du Café du Commerce, ce soir
là, comme les suivants, le nouveau local
était chaque fois bondé, malgré pourtant
la sévérité du contrôle qui ne laissait
entrer que les « inscrits sur les listes. »

Une des audaces de la nouvelle société

avait été : 1° d'avoir des statuts ; 2° d'exiger une cotisation.

Qu'on ne rie pas. Des statuts existaient, et même ça n'avait pas été un facile travail que de les constituer. Avouons ici puisque nous avons entrepris l'épouvantable tâche d'être *vrais* jusqu'au bout, avouons qu'ils étaient dûs depuis le premier jusqu'au dernier, à la tenace énergie et à la science d'André Desbouiges, le même qui se trouve dénommé plus haut « l'auteur de la Folie et ses heures. » Entre autres *folies* le digne Desbouiges avait celle des statuts. Et sans exagération, nous fûmes bien, au moment de l'enfantement de la société, quinze jours à les élaborer, grâce à Jouy, qui, sybaritement allongé sur le lit de Maurice, les mettait immédiatement en distiques à mesure qu'ils tombaient tout frais de la bouche de Desbouiges, pendant que Collignon, traîtreusement, faisait, avec (!!) des nouvelles à la main pour l'*Événement.*

Je disais tout-à-l'heure que la Société avait exigé de ses membres une cotisation mensuelle. Ce qu'il y a de plus curieux, c'est que cette cotisation *fut payée*—le pre-

mier mois seulement. Et même, à l'heure
actuelle, le trésorier A. Desbouiges se
trouve encore détenteur et gardien incor-
ruptiblement fidèle de soixantaine-sept
francs vingt-cinq centimes, défalcation
faite des premiers frais, comme la preuve
indiscutable de l'honnêteté des sociétaires
et de leurs mandants.

IX

Cependant les séances continuaient,
toujours intéressantes. Les Lorin, les
Icres, les Rollinat et tout l'et cetera de
l'ancienne littérature hydropatesque
étaient revenus, grossissant insensiblement la jeune phalange des Hirsutes.

Un grave symptôme, toutefois, se mani-
festait, prenant de jour en jour une mena-
çante importance : le président « man-
quait de prestige ». Très myope, il ne
pouvait s'apercevoir des grimaces et des
pieds de nez impertinents qui accueillaient, dans la salle, ses avis et communi-
cations. Certaines maladresses de langage
l'avaient peu à peu livré tout vif à la féro-

cité de la bande fumiste qui le guettait
dans l'ombre. Un incident vint mettre le
feu aux poudres. Un soir que grondait le
tumulte, inapaisé par les « un peu de
silence messieurs » de sa voix très peu
impérative, Maurice — s'imaginant très
perspicace de l'ouïe s'il était sourd de
l'œil — crut reconnaître la basse taille de
Vivien qui bourdonnait dans un groupe.
Il trouva l'occasion bonne pour faire un
coup d'état, et, debout sur l'estrade,
l'œil clignottant derrière ses lunettes très
d'aplomb sur le nez, il éclata :

— « Monsieur Vivien, je vous prie de
vous taire.

— Pardon, mon cher Président, risposta
courtoisement Vivien, mais, pour le moment, je ne dis rien.

— D'abord, vous n'avez pas la parole,
accentua Maurice, vexé qu'on lui ripostât.

— Mais puisque je ne dis rien.

— D'ailleurs, je vous la retire.

Ce « *je vous la retire* » eut un succès
colossal et toute la séance se ressentit de
l'agitation dont fut cause cette façon au
moins imprudente de RETIRER la parole à
des Vivien qui ne *l'avaient pas.*

A partir de ce jour, le pauvre Maurice devint la proie de la bande fumiste. L'estrade auréolée des Sapeck, des Décori, des Allais, des Sénéchal, etc., devenait, tous les soirs de séance, l'émule de la table de Robert Houdin. Le battant de la sonnette disparaissait, décroché par une main invisible, et le chambard ambiant, que s'essayait à gourmander cette pauvre sonnette aphone, prenait des proportions d'ouragan. Les porte-plumes eux-mêmes auxquels des ailes semblaient pousser, vadrouillaient d'une oreille à l'autre, jusque sur la table de l'austère Desbouiges qui « déplorait » mais n'y pouvait rien.

Enfin, certain jour que les fumisteries, plus intenses que de coutume, avaient complètement désarçonné le brave président, il crut arrêter la conspiration en se couvrant « comme à la Chambre ». Puis il déclara la séance close, et saisissant sa serviette il se retira, suivi dignement par Trézenik.

Jouy et Collignon, restés dans la bagarre, s'efforcèrent d'endiguer l'émeute qui rugissait, ou du moins de la détourner « dans le canal de la légalité. »

Peine inutile; Decori, l'aîné, déclarant de son autorité privée le président déchu de ses droits, annonça qu'il fondait une société nouvelle : les « bandapartistes ». C'était l'anarchie, indéniablement...

En sortant, Maurice, hors de lui, cria, flèche du parthe, au patron qui ne comprenait rien aux événements, « que ceux qui étaient en bas n'étaient que de faux Hirsutes, et que, par conséquent, n'étant pas dans la légalité, il avait à craindre les rigueurs des lois ».

Une fois sur le boulevard, il écrasa de son courroux olympien le pitoyable Trézenik, malgré que celui-ci l'eut accompagné dans sa disgrâce, et lui hurla que tout ça « c'était de sa faute. »

— ??? fit Trézenik.

— Oui, tu aurais dû voir, toi qui as des yeux, qu'on se moquait — non pas de moi, cela m'est bien égal — mais de la PRÉSIDENCE!... Tout cela ne serait pas arrivé si tu avais fait attention. Mais non! tu riais, toi aussi, des fumisteries de Sapeck!

Trézenik courba la tête, repentant.

X

Toutefois, le premier « coup de pioche »
avait été donné au « mur de l'autorité ».
Les bases commençaient de n'être plus
solides. Trézenik, persuadé que la faute
en était toute au président qui n'était pas
l'homme qu'il fallait, lui conseilla sagement d'abdiquer.

— Moi! jamais, clama Maurice.

— Pourtant je t'assure que tu n'es plus
le président de la majorité.

— C'est faux, et qui plus est je défie à
qui que ce soit de me renverser. Du reste,
je vais prendre des mesures pour empê-
cher les fumisteries de Sapeck de recom-
mencer.

— Et quelles mesures?

— J'aurai un sergent de ville à la porte
et si l'on ne m'écoute pas...

— Tiens, fit Trézenik c'est une idée,
ça,... seulement elle est mauvaise.

— Nous verrons bien.

— Et il me quitta tout exaspéré.

Maurice devenait de moins en moins

l'homme de la situation, pour cette raison, entre cent autres. qu'il s'était payé
tout récemment de jolis petits ridicules
tout neufs et qui ne lui allaient qu'à moitié. Ainsi, il avait à ce point la vanité de
son titre de président qu'il se refusait à
descendre des hauteurs, même pour jouer
sa fameuse valse du *dies iræ* qui compo-
sait, avec cette autre « les *yeux cernés* »,
tout son bagage musical.

Il prenait des airs importants, dicta-
toriaux, souffrait à peine qu'on vint lui
parler « pendant la séance », répondait :
« Tout à l'heure... mais je n'ai pas le
temps maintenant... ils sont étonnants
ces gens-là... » Quelqu'un amenait-il un
ténorino quelconque, tout disposé à char-
mer l'auditoire de ses vocalises, Maurice
éconduisait cavalièremet l'ami qui lui demandait de tenir le piano pour accompagner le chanteur : — J'ai bien autre chose
à faire que d'accompagner le premier
venu, il faut que je préside! Si vous croyez
que c'est facile... tout seul comme je le
suis, sans être secondé..., etc.

Les anciens amis l'avaient abandonné
peu à peu. Collignon quoique membre du

comité, s'était insensiblement désinté-
ressé des affaires. Jouy avait disparu
subitement, navré, comme Collignon, des
potins assourdissants qu'on montait à
Maurice chaque vendredi et que celui-ci
était impuissant à réprimer.

Entre temps, des incidents bizarres se
produisaient. Des Dubosc venus là par
hasard, étaient attrapés par des Demare
qui hullulaient en faisant de grands gestes.
Et l'assistance, partagée en deux camps,
ne sachant auquel entendre, se révolu-
tionnait, histoire de faire sortir Maurice
« de ses gonds ». Un autre jour des Le
Dauphin lisaient une pièce de vers, *les
Parisiennes*, dont des Labbé attribuaient
la paternité à des Soudin qui se trouvaient
l'avoir dit, comme de lui, chez le père
Lunette, devant une nombreuse assistance.

XI

Goudeau qui venait de temps à autre
de Montmartre, où il était en train de fon-
der le *Chat Noir*, n'était pas sans s'aper-

cevoir que les Hirsutes commençaient de
battre de l'aile. Il songeait alors, inspiré
probablement par le succès qu'avaient
obtenu les Hirsutes, à reconstituer les
Hydropathes, à Montmartre. Il sentait
que la grande majorité des anciens ré-
pondrait à son appel, et espérait que les
nouveaux le suivraient là-bas sur les
hauteurs où il avait planté sa tente.

Un vendredi il vint, pour tâter le terrain, annoncer « la bonne nouvelle » aux
Hirsutes, dans un de ces discours à l'em-
porte-pièce dont il est coutumier. Chose
assez curieuse, il n'obtint nullement
l'effet qu'il attendait. On vit là une affaire
de boutique, alors que selon moi, il n'y
avait chez Goudeau que le désir tout naturel de créer, dans un autre milieu, à
l'autre bout de Paris, un cercle littéraire
et artistique, où les poètes se seraient fait
connaître à un public tout différent de celui du quartier latin. Toujours est-il que
l'annonce de la reconstitution des Hydropathes fut accueillie avec assez de froi-
deur. Quelques grognements hostiles se
firent même entendre et la proposition de
Goudeau occasionna un assez violent re-

mue-ménage, émaillé d'apostrophes et
d'allocutions, tantôt fumistes tantôt sincè-
rement contraires au projet. Jouy, qui
disparut quelques séances après, comme
je le dis plus haut, se démena ce soir là
comme un beau diable, persuadé à tort
ou a raison que cette renaissance hydro-
pathesque donnerait le « coup du lapin »
aux Hirsutes. Taboureux, à son tour,
grimpa sur la scène et déclara hautement
que pour sa part, il n'irait jamais au
Chat Noir, pour la raison — péremptoire
« que M. Salis, qu'il ne connaissait pas
du reste et ne voulait pas connaître, avait
de la mauvaise bière ». Cette raison fut
trouvée excellente, et beaucoup d'Hirsutes vinrent féliciter l'orateur qui re-
troussait férocement de la dextre les crocs
menaçants de sa barbe flavescente.

L'incident était clos.

Il devenait toutefois de plus en plus
évident qu'avec Maurice les Hirsutes n'en
avaient pas pour un mois. Outre le rôle
d'huissier du Palais-Royal qu'il s'achar-
nait à jouer avec ses « faites silence messieurs » comiques mais inutiles, il lui
devenait, il l'avouait lui-même, de plus

en plus impossible de conduire les séances
de façon à donner satisfaction aussi bien
à ceux qui venaient se produire sur la
scène qu'au simple public accouru chaque
vendredi dans le sous-sol du Café de l'A-
venir.

Beaucoup d'étudiants ne venaient là
d'ailleurs que pour faire du potin, et les
pauvres Guilleminots ou autres ri-
maillonneurs *ejusdem farinœ* se trouvaient être presque les seuls à monter
sur la scène, beaucoup parmi les autres
ne se sentant pas le courage d'affronter
les gouailleries et les interruptions qui
tombaient dru sur quiconque n'était pas
assez connu ou assez goûté pour s'imposer. Avec ce système, fatalement, on
tournait toujours dans le même cercle de
diseurs et de poètes, les nouveaux n'o-
sant se hasarder. Et comme à la fin, les
anciens se refusaient à payer de leur
personne, pour la raison que leur sac
était vide, on en était arrivé à ce résultat
final que tout le monde était *public* et
personne *acteur,* ce qui nuisait grande-
ment, on le comprendra, à l'intérêt des
séances.

XII

Le besoin d'un autre président, capable
d'en imposer aux chahuteurs, se faisait
sentir. Tout le monde le comprenait, et
personne ne voulait se charger de la difficile et délicate tâche de faire un coup
d'état. De l'aveu de la plupart, Goudeau
était le président qu'il fallait. Outre l'autorité de son incontestable talent, il avait
pour lui d'avoir fondé les Hydropathes,
chose évidemment plus difficile que de les
continuer par les Hirsutes. C'était lui qui,
en somme, avait déblayé le terrain et préparé les voies où les cinq organisateurs
des Hirsutes n'avaient eu que la peine de
marcher. Sa verve méridionale, ses ri-
postes imprévues et toujours amusantes,
les sympathies qu'il avait partout, en faisaient un président étonnant, *tonnant*
même, mais toujours écouté et très apai-
seur d'orages.

Le difficile était de le faire nommer, de
façon à ce que d'une part cette nomination
fut *légale* et que d'autre part il n'eut pas

l'air de *s'imposer* aux Hirsutes, ce qu'il ne voulait à aucun prix.

C'était d'autant plus dur que Maurice tenait à son fauteuil comme un aveugle à son chien; que Goudeau n'était pas absolument sûr d'être désiré par tous; que personne, même parmi les plus ardents partisans de Goudeau, ne voyait le moyen de remplacer Maurice, et qu'enfin pour que la préfecture, auprès de laquelle étaient responsables en bloc les cinq membres du Comité, trouvât légal ce changement de président, il fallait qu'il fût approuvé au moins pas trois des *membres responsables.*

L'obligation que je me suis imposée d'être vrai jusqu'au bout, me fait un devoir de reconnaître que ce fut Trezenik qui se chargea d'obtenir ce résultat. Il poussa le fumisme, si mes souvenirs sont bien exacts, jusqu'à avertir Maurice de ce qui se tramait : — « On veut te remplacer par Goudeau, lui apprit-il un soir que le digne président sirotait une menthe blanche à la Vendéenne.

— Allons donc, dit Maurice qui s'obstinait à se croire l'homme indispensable,

j'ai tout le monde pour moi, et Goudeau
n'a personne.

— Veux-tu faire le pari, dit tranquille-
ment Trézenik, que tu ne seras plus président des Hirsutes dans trois semaines.

— Et qui diable *pourrait* me renverser
interrogea Maurice presque railleuse-
ment.

— Oh !.. moi.

— Toi !.. je te mets bien au défi de le
pouvoir.

— Eh bien nous verrons.

Et l'on se quitta sur cette espérance.

Goudeau qui avait été pressenti par un
ami commun avait avoué qu'il prendrait,
avec un certain plaisir, la présidence des
Hirsutes, pourvu qu'on le lui demandât,
et qu'il n'ait pas l'air de le demander, lui.
Trézenik qui s'était, comme je l'ai dit pré-
cédemment, chargé de la chose, lui
affirma que rien n'était plus facile que de le
faire élire par acclamation, la majeure
partie des Hirsutes n'ayant pour Maurice
qu'une très mince considération et qu'une
sympathie qui s'emiettait tous les jours.

Ils prirent rendez-vous pour le vendredi suivant, jour fixé pour le 18 bru-

maire hirsutesque de Bonaparte Goudeau.

Pendant la semaine, Trézenik demanda à Collignon s'il le seconderait. Collignon promit sa neutralité. C'était déjà quelque chose. Jouy ne mettait plus les pieds aux séances; il ne restait donc que Desbouiges et Maurice qui étaient, dans le comité, évidemment contraires à Goudeau: Maurice pour des raisons faciles à comprendre, Desbouiges parcequ'il voyait là un acte illégal que sa rigoureuse conscience désapprouvait.

Certains chauds amis de Goudeau promirent le concours de leurs voix puissantes, au moment venu. Ils devaient, dès le commencement de la séance, répandre le bruit que Maurice démissionnait et que Goudeau allait prendre la présidence.

XIII

Le soir du fameux jour, quelques heures avant la séance, Trézenik arrive à la vendéenne, où Maurice, entouré de quelques amis, attendait l'heure de partir

pour le café de l'Avenir. Il vint s'asseoir
à côté de Maurice et, narquoisement, lui
tendit un numéro du *Paris-Nord* — très lu
par les Hirsutes à ce moment, — en lui
montrant du doigt, cerclée de rouge, une
petite note conçue à peu près en ces
termes :

On nous annonce que M. Maurice Petit,
président des Hirsutes, forcé de quitter la
France, pour des raisons de santé, est sur le
point d'abandonner la présidence. Ce sera,
selon toutes probabilités, M. Emile Goudeau,
le fondateur du cercle des Hydropathes, qui
sera appelé à le remplacer.

Maurice était devenu blême en lisant
cette note.

— Je voudrais bien savoir. grogna-t-il,
qui a fait cela.

— Moi, fit Trézenik.

Maurice passa plusieurs fois sa dextre
sur la brosse qui lui servait de cuir che-
velu, ce qui était chez lui l'indice d'une
grande préoccupation.

— Ça m'est égal, dit-il enfin, je n'aban-
donne pas la partie.

— Très bien. Seulement ce soir, tout le

monde est prévenu, les fumistes seront
là (il avait une peur bleue des fumistes,
ce brave Maurice) et on va te faire un de
ces chambards!.. que tu seras comme
toujours « impuissant à réprimer » ; —
cela commençait à devenir un cliché —
à ce moment là quelqu'un...

— Qui ?

— Cela ne te regarde pas, je suis déjà
trop bon de te montrer notre jeu ; mais
comme nous avons tous les atouts... Bref
quelqu'un prendra alors prétexte de ce
potin pour déclarer ton insuffisance
comme président. De là à proclamer ta
déchéance, il n'y a qu'un pas...

Très perplexe Maurice songeait.

— Voici, continua Trézenik, ce que je te
conseille. Prendre au sérieux la note du
Paris-Nord. Prétexter un voyage que tu
dois faire pour *donner* ta *démission* et
proposer Goudeau. De cette façon tu fe-
ras acte d'homme intelligent et tu pourras
revenir aux Hirsutes; ce qui te serait impossible si tu étais *déposé*.

— Mais qui me dit que l'on voudra de
Goudeau pour président.

— Oh ! pour cela — j'en suis sûr.

— Je ne pourrai jamais parler ce soir,
et expliquer tout cela balbutia le pauvre
Maurice, totalement affalé.

— Qu'à cela ne tienne, tu liras une lettre... que je vais te dicter.

XIV

Ce soir là, la salle était plus pleine encore, s'il est possible, que d'habitude. On
avait su, les uns par les autres, ce qui allait se passer, et moitié par curiosité, moitié par sympathie pour Goudeau, les
amis étaient venus en nombre, avec des
vivats plein le gosier, et des applaudissements plein les mains.

Il n'était personne dans la salle qui
ignorât le programme de la soirée. En
effet, Trézenik avait eu soin de faire dis-
tribuer, par quelques amis, une centaine
de *Paris-Nord*, avec, encadrée de rouge,
la fameuse note qui devait initier au
mouvement les rares Hirsutes qui ne
l'étaient pas encore.

Le *Paris-Nord* d'un côté, les racontars
de l'autre avaient si bien produit leur

effet, qu'à peine entré tout le monde chuchottait à l'oreille : — Eh bien, il parait que Maurice démissionne. — Oui, et c'est Goudeau qui va le remplacer.

Et les commentaires allaient leur train, presque tous, il faut le dire, apitoyés pour Maurice, mais chaleureux pour Goudeau.

Enfin la séance commença, comme d'habitude, à cela près que Maurice était très pâle, et que tout le monde observait un silence inquiétant. Goudeau était resté dans la salle du haut, — président de Damoclès suspendu sur le crâne de Maurice — attendant que soit venu le moment d'entrer en scène.

La séance se traîna pendant près d'une heure, durant laquelle Trézenik allait de Goudeau, qui lui demandait « à quelle heure on commençait », à Maurice qui tergiversait et ne pouvait se résoudre à lire sa fameuse lettre.

Enfin un coup de sonnette avertit l'assistance que le président avait quelque chose à communiquer. Il s'était levé très ému, pâle comme le bout de papier qui tremblait dans ses mains, et d'une voix à peine distincte il lut, au milieu d'un si-

lence général, sa fameuse lettre de démission. Tout y était le petit voyage projeté,
sa renonciation au poste de président, et
l'espoir qu'il avait que les Hirsutes vou-
draient bien le remplacer par Goudeau
qu'il leur proposait.

Goudeau entrait juste au moment où
des vivats nombreux le saluaient. Il re-
mercia tout le monde, affirma qu'il ne
prenait cette présidence que parce que
Maurice, qui l'avait si bien et si longtemps
tenue, était obligé de quitter Paris.

— Du reste, ajouta-t-il, en terminant, les
Hirsutes sont aux Hydropathes ce que la
Révolution de 1830 a été a 89.

De nombreux applaudissements cou-
vrirent la voix de l'orateur ; on allait donc
revoir les joyeuses séances d'antan, tu-
multueuses et assoiffées, égayées d'apostrophes, sillonnées d'éclairs et de toni-
truantes engueulades. On allait les recom-
mencer avec leur imprévu pittoresque,
leurs incidents inattendus, leurs inter-
mèdes fumistes et leurs « petits grevys »
susurrés par la voix de tête de Goudeau,
et repris en cœur par le bourdon général.

— On me dit, conclut Goudeau, que la

Société a 67 fr. 25 en caisse. Je propose
de les boire, dans un punch final, en don
de joyeux avènement.

Une voix protesta soudain du fond de
la salle.

— « Jamais de la vie! »

C'était l'austère Desbouiges, l'incorruptible trésorier qui jetait dans le concert
cette note discordante.

Et il vint sur la scène commenter lon-
guement son refus par un discours très
audacieux « dans lequel il déclarait que,
ces 67 fr. 25 qu'on lui avait confiés, *il ne
les rendrait à personne.* »

De fait il les a encore.

Goudeau passa outre.

XV

A partir de cette séance qui est restée
mémorable dans l'histoire des Hirsutes,
Goudeau devint définitivement président
effectif. Il s'était adjoint comme vice-
présidents Eugène Lemoël, Armand
Masson et Léo Trézenik, qui le sup-

pléèrent de temps à autre dans ces déli-
cates fonctions.

A ce moment-là les Hirsutes étaient à
leur apogée.

Les séances, *honorées* des Rollinat, des
Rameau, des Lorin, des Haraucourt et *tutti*
(et les *tutti* étaient encore une bonne
douzaine) eurent un certain retentisse-
ment. La presse s'en émut, et les repor-
ters y vinrent aiguiser leur verve et chercher des sujets de chroniques.

Je ne détaillerai pas ces soirées, qui à
part certains incidents, se ressemblaient
à peu près toutes. D'autant plus que pour
donner une idée plus complète des Hirsutes j'ajouterai à cette déjà longue étude
une série de portraits rapides dans laquelle défileront la plupart de ceux qui
montèrent sur la scène du café de l'Avenir.
Ce sera comme une galerie de famille que
seront peut être heureux de revoir plus
tard nos petits-neveux,

Mes arrière-neveux me devront cet ouvrage,

alors que les *oncles* seront arrivés
au pinacle tous, tous, tous (parbleu!) et

ne se souviendront plus, peut-être, de ces
débuts bruyants, batailleurs et difficiles,
de ce qu'on est convenu d'appeler la
vingtième (!) année.

On alla ainsi tant mal que bien et plutôt
bien que mal jusqu'en juin, où, vu les
chaleurs, l'assistance se clair-sema. Goudeau avait amené avec lui de Montmartre
pas mal de nouveaux Hirsutes, poètes,
diseurs, peintres, dessinateurs, etc. qui
vinrent infuser un peu de sang montmartrais dans ces veines où ne coulait
guère, auparavant, que du quartier-latinesque.

XVI

A la rentrée, les séances reprirent,
et se traînèrent cahin-caha jusqu'au mois
de janvier, époque à laquelle Goudeau en
était arrivé à se désintéresser plus ou
moins complètement de la Société.

Les anciens désertèrent peu à peu. Goudeau ne revint plus, qu'à de rares inter-
valles. Des présidents de complaisance, —

de bons petits amis diraient de hasard, — se constituèrent.

Ce fut d'abord Delacour, qui prit la chose au sérieux et s'imposa la corvée de venir tous les vendredis présider des séances allanguies, de plus en plus sans intérêt. Puis tantôt Gayda, tantôt Félix Décori s'essayèrent, bien en vain, à réchauffer l'enthousiasme. Les Hirsutes mouraient. Ils étaient même si bien morts qu'à la fin, vers avril-mai, aux pseudo-séances qui persistaient encore à se tenir, par la force de l'habitude, on eut pu difficilement démèler un seul Hirsute vrai. Quelques vagues poètaillonnets infinitésimaux avaient pris l'habitude de venir chaque vendredi, se réciter très gravement, les uns aux autres, leurs petites productions très applaudies d'ailleurs — à charge de revanche, par les auditeurs. C'est à ces burlesques séances que fleurirent les *micros... poètes* qui empochaient du reste comme argent comptant les applaudissements gouailleurs et les « un autre! un autre! » par lesquels certains fumistes, fourvoyés là par hasard, accueillaient la lecture de leurs sonnets.

A la fin, les fumistes finirent eux-
mêmes par en avoir assez, et ce fut le
plus *micros* qui enterra les autres, à une
séance qu'il fit à lui seul, devant le seul
garçon qui ferma, à la barbe de ses sonnets, le dernier bec de gaz.

Paris, L. ÉPINETTE, imprimeur, 16, boulevard Saint-Germain.

DU MÈME AUTEUR

A la Librairie LÉON VANIER
19, Quai Saint-Michel

LA JOURNÉE D'UN CARABIN (épuisé)
LES GOUAILLEUSES (2 édition). 1 f. 50
L'ART DE SE FAIRE AIMER. 1 f.

SOUS PRESSE

GEORGES KERBIHAN, roman analytique
LES GENS QUI S'AMUSENT, nouvelles
LES MOROSES, poésies

www.ingramcontent.com/pod-product-compliance
Lightning Source LLC
Chambersburg PA
CBHW061701180626
46818CB00003B/1212